하동

하동

창비

차
례

제1부

제2부

제3부

제4부

제 1 부

귀래사를 그리며

귀래사라는 절이 어디 있더라? 하여간 이 지상 어딘가에 있긴 있겠지. 이제 그만 그곳에 닿고 싶다. 가서 나무를 해도 좋겠고 머리가 허옇게 세었다고 싸리비로 절 마당이나 쓸라고 하면 그 또한 좋겠지. 늙으신 보살이 차려준 공양을 정성껏 비운 뒤 뒷산 남새밭에 가서 하루 종일 잡풀들과 일하리라. 가끔 일어서서 허리를 곧추세워 독수리눈으로 하늘을 보리라. 청청히 텅 빈 하늘, 그리고 목화 송이처럼 흐르는 구름들. 저녁을 마치면 골방에 틀어박혀 잡서를 읽으리라. 그리고 세상과 등을 지고 나와 대면하리라. 너는 어디서 와서 어디로 가는가. 부모님 생각이 간절하겠지만 그 또한 잠깐의 인연. 훨훨 털고 텅 빈 벽에 바짝 붙어 단잠을 자다 소변을 눈 뒤 절 뒤꼍 해우소 근처에서 오래 서성이리라. 텅 텅 울리는 새벽 종소리가 아픈 무릎에 스밀 때까지.

나무

강변에 나무 두그루가 서 있다
한그루는 스러질 듯 옆 나무를 부둥켜안았고
다른 한그루는 허공을 향해 굳센 가지를 뻗었다
그 위에 까치집 두채가 소슬히 얹혔다
강변에 나무 두그루가 서 있다

오리알 두개

갈숲이 자라는 곳에 오리알 두개
오리는 어디 갔나
갈숲이 대신 품어주는 곳에 따스한 오리알 두개

봄

보도블록과 보도블록 사이에서
민들레 한송이가 고개를 쏘옥 내밀었다
너 잘못 나왔구나
여기는 아직 봄이 아니란다

베르톨트 브레히트를 생각함

임종이 임박했다는 새벽 전화를 받고 고려병원에 달려갔을 때의 일이다. 황달이 퍼져 샛노란 눈빛의 김남주가 주변을 돌아보며 외쳤다. "개 같은 세상에 태어나 개처럼 살다가 개처럼 죽는다. 부탁한다. 남은 너희들은 절대로 이렇게 살지 마라!" 그의 숨이 끊어지고 난 뒤 병실 복도에 나와 나는 나에게 다짐했다. 빗방울 하나에도 절대 살해되어서는 안되겠다고!*

* 김남주가 옮긴 브레히트의 시 「아침저녁으로 읽기 위하여」의 마지막 행을 차용함.

Seoul, Korea. 1960s

History In Pictures

용산쯤일까. 아니면 이태원? 비 내리는 포도(鋪道) 위에 노라노양장점 스타일의 정장을 한 젊은 여성이 우산을 받고 서 있다. 빗물은 하염없이 흘러내리고 때마침 지나가던 시발택시 조수석에 앉은 까까머리 소년이 휘익 하며 휘파람을 불어보지만 우수의 표정이 깃든 여성은 아주 음전한 자세로 정면만 응시하고 있다.

덕담

이호철 선생 댁 세배를 다녀오던 길이었을 것이다. 마포 김민숙 집에 들러 차례상에 나온 대구찜을 발라 먹다가 젊은 송기원이 덕담이랍시고 불쑥 말했다. "세상에서 제일 이해할 수 없는 놈은 똥을 누고 난 뒤 돌아서서 제 똥에다 침을 뱉는 사람이더라." 김민숙도 나도 송도 한참이나 배꼽을 쥐고 웃었지만, 아침이면 서울의 달동네 공중변소마다 아랫배를 움켜쥔 사람들이 줄느런히 서서 차례를 기다리던 시절의 일이다.

History In Pictures

1960년대쯤 되었을까. 베를린 장벽에 바짝 붙어서 서로의 장래를 이야기하던 단정한 옷차림의 서베를린 남녀 한 쌍이 잊히지 않는다. 맞은편 바로 앞 우중중한 색깔의 동베를린 아파트와 평균대 위의 선수처럼 그들이 나란히 두 팔을 들고 건너왔을 외로운 나무 사다리며 흰색 코트 자락 밑의 하이힐 뒷굽을 살짝 들고 서 있던 여성의 가지런한 뒷모습이며.

잿간

서른살 넘은 딸애에게 아버지 어렸을 적에는 뒷간에 가서 볼일을 보고 난 뒤 짚으로 밑을 닦았다는 얘기를 했더니 "우웩!" 하며 토악질을 하더라. 그러나 1960년대까지 시골에는 잿간이라는 여성용 변소와 흑돼지가 밑에서 입을 쩌억 벌리고 있는 남성용 뒷간이 따로 있었는데 어린 나는 주로 잿간을 찾아 용변을 해결했다. 아궁이에서 퍼온 재가 수북이 쌓인 잿간은 솔잎 타고 남은 재 냄새가 그윽했는데 볼일을 보고 망태에 담긴 부드러운 볏짚으로 밑을 닦고 난 뒤 곁에 놓인 삽으로 그것을 듬뿍 떠서 잿더미에 던지면 퇴비가 되는 것이었다. 호박넝쿨과 박덩이가 자라는 뒷간 지붕도 그윽하거니와 돌담에 황토를 입힌 안벽은 사색의 공간이기도 해서 안방이나 작은방처럼 친숙했다.

남자 어른들이 사용하는 사랑채에 딸린 변소는 커다란 돼지가 밑에서 꿀꿀거려 좀 무서웠지만 인분을 받아먹고 자란 돼지의 배설물은 퇴비가 되어 거름자리에 쌓였다. 아직 비료가 없던 시절, 잿간과 돼지막에서 나온 거름은 마당가에 높이 쌓여 아침마다 모락모락 훈김을 내뿜었는데 싫지 않은 들큼한 냄새였을 뿐만 아니라 바지게에 실려 나가 모든 논농사와 밭농사의 요긴한 비료로 쓰였다. 그러므로 우리가 어릴 적 먹고 자란 음식은 몬산토가 아니라 이슬 젖은 밭고랑에 뛰던 청개구리 같은 싱싱한 것이었다.

구례 장에서

흰옷은 정결하다

마지막 조선의 할머니가

외로 앉아서 파릇한 봄 냉이를 판다

산길

밤새워 고라니가 파놓은 흙 위에 흰 눈이 소복이 쌓이셨다

어느 상형문자

꿩은 사라지고
그가 남긴 발자국만이 눈밭에 파르르하다

동장군

뜨거운 눈 속을 뚫고 솟구쳐오른 파 대가리
저것이 있어 올겨울은 매섭게 푸르다

보길도

몽돌밭에 낮은 파도 몰려와 쓸리는 소리
세상에서 가장 작고 낮은 그 소리

무제

겨울 속의 목련나무에 꽃망울이 맺혔다
세상엔 이런 작은 기쁨도 있는가

박성우

저물녘 길을 나서는 이의 뒷모습은 아름답다
그 앞에 모든 사물은 엎드려 묵상에 잠기다

귀정사

남원 귀정사에서는 매일 새벽 4시 16분에 세월호를 잊지 말자는 종을 친다고 합니다
귀정사는 야트막한 산자락에 자리잡은 매우 소박하고 아름다운 절집입니다

길

어머니의 주름진 손이
아들의 발등을 가만히 덮었다

새벽이다

솔

소나무는 아무런 저항도 없이
제가 가진 모든 것을 땅 위에 내려놓는다
볼이 붉은 한 가난한 소년이 그것을 쓸어모아
어머니의 따스한 부엌으로 향한다

어릴 적

논일 밭일 마치고
동구 밖 들어서는 소가 내뿜는 콧김
그리고 저녁 어스름

극점

어느 아랍의 국기 같은 초승달이 부르르 하늘에 박혔다
저 달을 보며 길 떠나는 누군가가 이 세계에 있다

아욱죽

1970년대 내내 화곡동 고은 선생 댁 마루에서 골목을 감시하던 고 형사도 때론 섞여서 두레상 펼쳐놓고 먹던 아욱죽이 그립다. “숙자씨, 여기 한그릇만 더요!” 외치면 저도 알아들었다는 듯 고개 끄떡이며 은밀히 귀 기울여오던 마당귀의 미끈한 아욱대들!

제 2 부

인샬라!

시리아 북부 이들리브, 폭격으로 무너진 건물 잔해더미에서 생후 3주 된 아기를 안고 나온 민방위대 '하얀 헬멧'의 대원이 사람들을 향해 외쳤습니다. "인샬라!"

큰 소리에 놀란 아기가 그의 품 안에서 가만가만 숨을 내쉬기 시작했습니다.

함양

경상남도 서부에 위치한 함양은 전라남도 구례의 북쪽이다. 구례에서 함양을 가려면 오륙백 미터가 넘는 험준한 팔량치 고개나 육십치 고개를 넘어야 한다. 철도나 자동차 길이 없던 아득한 시절, 그러나 이곳에 지리산 곰들이 닦아놓은 혼도(婚道)가 있었다면 사람들이 믿을까. 구례 쪽 곰이 함양으로 넘어가 함양 곰이 되듯 내 어렸을 적 함양에서 시집온 바지런한 함양댁들이 구례 들엔 넘쳐났다. 그리고 60년대 초반까지 구례중학교 운동장에선 구례-함양 간 축구정기전이 열렸다. 코스모스가 피고 오색기가 휘날리는 운동장을 달리는 곰의 아들들은 눈부셨다. 그러나 언제부터인지 이 혼도는 끊기고 더이상 정기전도 열리지 않았다. 그리고 오늘 함양은 함양, 구례는 구례. 두곳을 이어주는 젊은 함양댁들도 들녘엔 없다. 다만 가을 어스름녘 구례 쪽에서 어슬렁어슬렁 산마루턱에 오른 늙은 곰이 별들의 고향인 함양 쪽을 내려다보다 고개를 외로 꼬고 앉아 그 옛날을 모두 잊었다는 듯 무연한 명상에 잠길 뿐.

수달의 고난

매립지 공사가 한창인 낙동강 하류, 미꾸라지 등 민물 먹잇감이 바닥난 자그마한 수달이 횟집 창을 넘어와 처음에는 바닷장어 같은 것을 물고 가기에 애교로 봐주었더니 조금씩 대담해져 이제는 네다리로 수조 안을 첨벙대며 보리새우, 우럭에다 값비싼 감성돔까지 물고 가니 덫을 놓을 수도 없고 아무리 천연기념물 330호에 멸종위기 1호라지만 이래도 되는 거냐며 손해배상 청구할 데라도 있으면 가르쳐달라고 횟집 주인은 TV 카메라 앞에서 연신 울상을 짓는 것이었다.

생명

오늘도 오어사 골짜기에서는
반쯤 입을 벌린 영리한 열목어들이
상류를 향해 상류를 향해 맹렬히 거슬러오르고 있을까

새벽에

시월은 귀뚜라미의 허리가 가늘어지는 계절
밤새워 등성이를 넘어온 달은 그것을 안다

그네

아파트의 낡은 계단과 계단 사이에 쳐진 거미줄 하나
외진 곳에서도 이어지는 누군가의 필생

저문 날

손톱만 한 나비 한마리가 밀고 나가는 서녘 하늘길
집채 같은 비행운이 일었다간 곧 스러진다

알프스

알프스산맥에서 가까운 독일의 한 고원 목축지대. 청바지를 입은 키 큰 여인이 날카로운 휘파람 소리에 이어 손나팔을 만들어 “애들아 집에 가자!”를 외치자 고개를 숙이고 풀을 뜯던 수백마리의 양들이 코끼리처럼 넓은 귀를 펄럭이며 언덕을 넘어 그녀를 향해 마구 달려오는 모습이 카메라에 잡혔습니다.

성자의 유언장

"내가 죽은 뒤에 다음 세 사람에게 부탁하노라. 1. 최완택 목사 민들레 교회. 이 사람은 술을 마시고 돼지 죽통에 오줌을 눈 적은 있지만 심성이 착한 사람이다"로 시작되는 권정생 선생의 유언장은 생전의 성품 그대로 솔직하고 담백하기 이를 데 없다. 그는 다가올 자신의 죽음에 대해서도 "앞으로 언제 죽을지는 모르지만 좀 낭만적으로 죽었으면 좋겠다. 하지만 나도 전에 우리 집 개가 죽었을 때처럼 헐떡헐떡거리다가 숨이 꼴깍 넘어가겠지. 눈은 감은 듯 뜬 듯 하고 입은 멍청하게 반쯤 벌리고 바보같이 죽을 것"임을 예견하는가 하면, "유언장치고는 형식도 제대로 못 갖추고 횡설수설했지만 이건 나 권정생이 쓴 것이 분명하다" "만약에 죽은 뒤 다시 환생을 할 수 있다면 건강한 남자로 태어나" "25살 때 22살이나 23살쯤 되는 아가씨와 연애를 하고 싶다. 벌벌 떨지 않고 잘할 것이다"고 다짐했으며, 평소의 평화주의자답게 "하지만 다시 환생했을 때도 세상엔 얼간이 같은 폭군 지도자가 있을 테고 여전히 전쟁을 할지 모른다"며 "그렇다면 환생은 생각해봐서 그만둘 수도 있다"고 했다.

얼간이 같은 폭군 지도자가 없고 전쟁이 없는 그런 세상이, 과연 오기는 올까?

아침 노래

로자 룩셈부르크에 의하면 북유럽의 추운 계절, 머나먼 남쪽 나라를 향해 하늘을 나는 독수리 등에는 작은 새들이 겁먹은 눈을 깜빡이며 업혀 있다고 한다. 그리고 드디어 나일강 변에 이르면 수천 킬로의 비행에 지쳐 나자빠진 독수리 머리맡에서 자신이 지닌 가장 영롱한 아침 노래를 들려준다고 한다.

고독한 산보자

논산훈련소 시절 훈병 S는 기합으로 야외 훈련장 끝 꼭짓점을 찍고 달려와야 하는 선착순 달리기를 해야 했다. 반환점을 향한 달리기는 일단 성공하는 듯했는데 속력이 붙은 다리에 브레이크가 걸리지 않은 것이 문제. S의 몸은 반환점 대신 그 끝에 파놓은 분뇨처리장에 덜커덩 뛰어들고 말았다. 허푸허푸 구덩이를 헤치고 나왔을 때, 여름 태양은 작열하고 사위는 고요했으며 지휘관 이하 조교며 훈병들의 표정이 일시에 '동작 그만!'으로 하얗게 얼어붙었다. 그 즉시 산 아래 개울로 이송되어 몇날 며칠을 닦고 빨고 조이며 문질러댔지만 이주일이 지나도 그 독한 분뇨 냄새가 몸에서 가시지 않았다. 그러나 그 냄새 때문에 그는 낮의 고된 훈련에서도 종종 '열외'가 되었으며 밤의 내무반에서는 더욱더 멀찌감치 쫓겨나 일찍부터 우리 군(軍)의 고독한 산보자가 되어야 했다.

장발 단속

왕십리 청구상업 교사 시절이었다. 학교 신문반 여학생과 함께 인쇄소 가는 길이었으니 퇴계로 5가쯤이었을 것이다. 한낮의 파출소 앞을 지나다 장발 단속에 걸려 긴 의자에서 두어시간을 기다려야 했다. 머리를 자르는 것도 아니고 조서를 쓰는 것도 아니고 그냥 거기에 앉아 있으라고만 했다. 하얀 칼라의 교복 입은 신영이가 발을 동동 구르며 "아저씨, 우리 선생님 좀 보내주세요!" 애원하는데도 젊은 경찰관은 실실 웃으며 "니네 선생님이 국가 시책을 위반하고도 반성하는 빛이 전혀 없어서 안되겠다. 안 그래요? 선생님!" 하는데, 국가고 반성이고 뭐고 우선은 울상이 되어버린 제자 앞에서 얼굴이 화끈거려 견딜 수 없었다.

시인학교

등꽃이 피면 생각난다
덕수궁 석조전 옆 등나무 벤치 시화전
백일장에 올라온 까까머리 소년들을 상대로 스포츠머리 대학생 둘이
서정주 박목월을 들먹이며 열심히 학과 자랑을 하고 있었다
"내년엔 꼭 시인학교로 오라"고

하나는 훗날 '오리는 꽥꽥!'의 신현정 시인이었고
하나는 일찍 하늘나라로 간 이경록 시인이었다

오월이 오면 생각난다
등꽃 내음 확 풍기던 그들의 가지런한 이빨과
하늘을 향해 불던 둥근 손나팔과
너무 커다란 가방의 빨간 우체부와

초상화

종교개혁운동이 한창이던 16세기 독일 중동부 라이프찌히에서 가까운 소도시 호텔 로비, 남부에서 출발해 북부를 향해 가던 일단의 청년들이 팔을 걷어붙인 채 눈빛이 빛나는 한 신사와 '독일 민족의 그리스도 귀족에게 고함'이라는 혁명적인 연설문을 놓고 열띤 토론을 벌이고 있었다. 어떻게 하면 독일 청년들이 부패한 로마교황청에서 벗어나 진정한 프로테스탄트가 될 것인가에 관한 것이었다. 마르틴 루터였다. 그러나 토론에 열중하느라고 청년들은 미처 그를 알아보지 못했다.

한달 후 발트해에 면한 한자동맹의 도시 뤼베크성 밖 집회에서 연단에 선 루터가 면죄부를 파는 교황청과 이를 지지하는 신성로마제국의 카를 5세를 맹렬히 성토하다 앞줄에 앉은 청년들과 눈이 마주쳤다. 그러나 이번에도 청년들은 그를 알아보지 못했다.

고향으로 돌아가기 위해 다시 그 소도시의 호텔에 도착한 청년들은 호텔 주인으로부터 그날 밤 자기들과 열렬한 토론을 벌인 사람이 바로 그토록 찾아 헤매던 루터였음을 알게 되었다. 그들은 자신들의 안타까운 실수를 만회하기 위해 그의 대형 초상화를 그리기 시작했다. 그리고 그것은 지금도 강렬한 눈빛을 빛내며 호텔 로비에 걸려 있다.

시자 누나

전주시 우아동 살 때 김 순경 집 딸 시자 누나. 새벽이면 제일 먼저 일어나 고개를 갸웃하고 우리 집 우물에 긴 두레박줄 내려 물 길어갔지. 첫서리 내린 인후동 고개 넘어 잰걸음으로 학교 갈 때도 역시 고개를 갸웃하고 무거운 책가방 들고 걷던 전주여고생. 3년 동안 이웃에 살면서도 단 한마디 나눠본 적 없지만 나는 눈 감고도 누나가 지금쯤 어디를 지나는지 훤히 알 수 있었지. 장작 짐 실은 말들이 더운 김 내뿜으며 시내로 향하던 길, 도마다리 성황당 고개 넘어 철둑길, 그리고 병무청 사거리 지나 풍남동. 그러나 누나에게 딱 어울린 길은 밭둑에 자운영 자욱하던 인후동 들머리 언덕길. 꼭 그맘때면 '고등국어 1'과 도시락을 실은 국어 선생님이 자전거를 끌고 나타나곤 했다.

학교에서 돌아오면 담도 울도 없는 마당에서 빨래하고 밥 짓는 연기 피워올리던 누나. 덩치 큰 아버지가 술 냄새 풍기며 간혹 집안을 들었다 놓는 날이면 어린 동생을 안고 돌아서서 하늘만 보던 하이얀 이마. 이튿날 새벽이면 양철 두레박 떨어뜨리며 말없이 깊은 물속을 들여다보다가 이내 끙 하고 시원한 물을 길어 머리에 이곤 했다. 딱 한번 하굣길에서 만났던 곳이 시내가 끝나는 과수원집 좁은 논둑

길. 서로 마주치지 않으려고 서두르다가 그만 정면으로 부딪치고 말았다. 향긋한 머릿내였던가. 순간 시자 누나가 내 몸에 엎어지며 풍기던 뜨겁고 알싸한 그 내음새는.

1972년 겨울

아버지 돌아가신 날은 동짓달 스무엿샛날. 발인 날은 바람 매섭고 눈발 날렸다. 구례 곡성 순천 인근에서 온 유생들이 차일 친 마당의 상청에 모여 "어이 석천(石泉)!" 하며 곡을 한 뒤 두루마기 자락에서 조사(弔辭)를 꺼내어 읽기 시작했는데 향촌의 어른들답게 예의범절이 깍듯하여 상주인 나를 당황케 했다. 멍석 깔린 마당에는 상이 차려지고 펄펄 끓는 국밥과 술을 나르느라 동네 사람들의 손길이 분주했는데, 갓방 솥에서 더운 김을 내뿜는 돼지머리 국밥을 한 투가리 뚝딱했으면 좋겠다는 생각이 간절했지만 과방 일을 보는 도동 아재는 빨간 코로 손님들 상에만 눈길을 줄 뿐 상주 따위엔 관심 없었다.

붉고 흰 바탕의 만장을 앞세우고 꽃상여는 드디어 마당을 나섰지만 요령을 든 선소리꾼의 선창으로 "어허 노 어허 노" 다섯걸음 가면 세걸음 뒤로 돌아왔다. 삼베 굴건제복에 대지팡이를 짚은 손이 시려왔지만 나는 상여 뒤에 바짝 붙은 채 오가기만을 반복했다. 상여가 마을회관에 도착하여 노제를 지낸 시각은 이미 오후 네시경. 이장이 나와 재배를 하고 마을 일에 얽힌 고사(故事)를 얘기하자 이번엔 또 거기가 상청이었다.

해가 한뼘쯤 남아서야 상두꾼들의 재촉으로 선산을 향해 상여는 떠났는데 여기서도 "어허 노 어허 노. 이제 가면 언제 오나!" 하며 다섯걸음 가면 세걸음 뒤로였다. 날이 완전히 저물어서야 비탈을 오르고 계곡을 건너 장지에 도착했다. 만장을 줄느런히 세우고 마지막 고별 의식이 치러진 뒤 아버지 관은 아래로 내려가 비로소 자신의 거처에 닿았다. 무엇이 딸깍하고 닫히는 소리가 저 밑에서 들리는 듯했다. 지상엔 바람 불고 눈발 다시 날렸다.

학재 당숙모

낳았다 하면 강아지도 아홉마리였다. 마루 밑에서 오글오글하던 것들이 마당에 나서면 햇볕에 등짝 자르르 빛났다. 학재 당숙모도 낳았다 하면 딸이 주르르 넷. 큰딸 수명은 육이오 전에 하회 유씨 댁 장손 맞아 운조루로 시집 보냈고, 둘째 정순은 농과대학 나온 지천리 농사꾼에게, 셋째는 광주서 초등학교 교사 하는 한씨, 막내는 불도저 기술자에게 보냈다. 그후로는 작은댁에서 생산한 도현이 종진이 경준이 들 사내 다섯을 내리 길러냈으니 그 숫자 합하면 아홉. 늘 떠름한 얼굴이던 작은댁과는 달리 훤한 낯으로 맨발로 안마당과 들을 오가며 정성껏 길러내니 낳은 어미보다 큰어머니를 더 따랐다.

저녁을 자시면 끙 하고 일어나 작은댁으로 기침도 없이 사라지는 당숙에게도 쓴말 군말 한마디 없었다. 긴긴 겨울밤이면 같은 처지인 우리 큰어머니 안방에 실꾸러미 들고 와 밤새워 도란도란 옛이야기 나누다 감던 실을 도로 풀던 당숙모. "성님, 성님은 살아오면서 언제가 제일 기뻤는기요?" "나야 뒤란의 감꽃 줍던 어릴 때가 젤 좋았제." "나는 형제들과 창포물에 머리 감고 놀던 유둣날이 젤 좋았다우." 그런 당숙모는 정도 많아 아랫동서가 소박맞고 돌아가던 날 재 너머까지 따라가 "어디 가든지 잘 살아야 한다"고 옷 보따리 건네주곤 돌아서서 눈물 훔치곤 했다.

영감 먼저 보내고 나서도 정정하게 밥하고 빨래하시던 분이 그만 추석 맞아 내려와 곤히 잠든 자식들 다리 사이를 조심조심 건너다 쓰러지고 말았다. 향년 91세. 본명 조아기. 태어난 곳 구례군 산동면, 남원 넘어가는 곳 큰 고개 학재. 늘 고운 대춧빛 같았던 얼굴의 우리 당숙모, 술 한잔 자실 줄도 몰랐다.

달빛

해병대 야외 막사 화장실에 간 송모 중위가 새벽이 되어도 돌아오지 않았다. "충성!" 위병소 앞 플래시 불빛 요란한 탈영이었다. 수십년이 지난 후 안국동 기원에서 앙증맞도록 가느다란 손가락 사이에 에쎄 담배를 끼운 그에게 물었다. "아니 그때 왜 그런 거요?" 그의 대답이 의외로 간단했다. "달빛이 너무나 밝아서……"

단편

압록강 쩍쩍 갈라지는 소리에 잠깬 혜산진 중늙은이 하나가 뜨거운 눈두덩을 쓸어내리며 머나먼 남쪽 나라 감귤꽃 피는, 노오란 탐스런 과실 열매 달린다는 따뜻한 제주도를 생각할 것만 같은 겨울 아침.

전차

전차가 있던 시절 60년대의 서울은 그런대로 사람이 살만한 도시였다. 땡그랑땡그랑 신호를 울리며 천천히 아주 천천히 달리는 전차는 그때부터 이미 도시교통의 지청꾸러기였지만 벚꽃 활짝 핀 사월 창경원 앞에 손님을 잔뜩 부리던 전차의 위용은 당당했다. 미니스커트가 유행하기 시작한 것도 이 전차 안에서였다. 한껏 멋을 부린 여대생들이 다리를 뽐내며 건너편 의자에 앉아 책으로 하얀 무릎을 가리던 모습이 떠오른다. 원효로를 출발해 남대문역을 거쳐 을지로 원남동 삼선교를 지나 돈암동 태극당 앞까지 가는 전찻길은 내가 애용하는 노선. 거기서 내려 고개 하나를 넘으면 학교였다. 입학식 날 전차에서 내리자마자 병아리처럼 종종거리며 뛰던 하이힐 차림의 여학생들도 생각난다.

그런데 그 전차가 없어진 것은 1968년 11월경의 어느 밤. 길음동 시장 카바이드 막걸리에 취한 우리들은 "아니 전차가 없어지다니!"를 외치며 눈 속을 뚫고 돈암동 보문동 신설동을 걸어 종전차가 들어온다는 동대문역에서 기다렸다. 마포 종점에서 서대문로터리 종로를 지나 자정 무렵 종전차는 마지막 경적을 울리며 동대문으로 들어왔다. 운

집한 사람들이 다가가 그동안 수고한 전차의 앞머리에 꽃목걸이를 걸어주었다. 땡그랑땡그랑 놋쇠 종을 울리며 늙은 기관사와 차장들이 시민들의 박수를 받으며 내렸다. 한동안 그 종전차는 철책을 두른 숭의문 옆에 댕그라니 전시되어 있었는데 어느새 사라지고 말았다. 그리고 우리의 어리숙한 60년대도 그렇게 끝났다. 거대한 팔의 포클레인이 굉음을 울리며 시내의 모든 철로를 걷어내기 시작하자 사람들의 발걸음이 아주 빨라졌다. 그리고 자동차들이 쌩쌩 달렸다. 이른바 '조국근대화'의 시대가 온 것이다.

이대환

벌써 몇십년도 더 넘은 일이다. 일행을 태운 승용차가 포항 시내를 벗어나 영덕 쪽을 향해 달리는 중이었다. 포프라 우거진 신작로에 한 아주머니가 머리에 새참을 이고 한 손엔 주전자를 든 채 걷고 있었다. 운전석을 향해 "잠깐만요 선생님!" 하고 내린 앳된 작가가 그 앞에 다가가 중학생처럼 꾸벅 절하고는 한참을 벌 받는 자세로 발끝을 비비다가 돌아왔다. 그의 어머니였다.

어떤 졸업식

세월호 참사 당시 생존 학생을 포함한 86명의 졸업식이 열린 1월 12일 오전 10시 30분 단원고등학교 운동장. 영하의 추위 속을 뚫고 나타난 새들이 공중을 서너바퀴 돈 뒤 학교 옥상에 앳된 발을 모두고 앉아 그날의 친구들을 지켜보았다고 합니다. 조용히 조용히 지켜보았다고 합니다.

제 3 부

명식이 형

1943년생이니 명식이 형은 나보다 여섯살 위. 그는 나를 봤을지 모르지만 나는 그의 얼굴을 모른다. 양출이 형 말에 따르면 아침마다 마당을 향해 "명식아 학교 가자" 하면 기다렸다는 듯 조르르 달려나오던 초등학교 일학년생. 명찰을 반듯이 달고 공부 잘하고 그림으로 그린 듯한 소년이었다고 한다. 장질부사인지 콜레라인지가 마을에 돌아 그도 끝내 가고 말았지만 아침이면 버릇처럼 우물가에서 몇번이나 이름을 부를 뻔했다고 한다. 훤칠하고 잘생긴 큰아들을 잃은 아버지는 끝내 사실을 인정하지 않고 그의 장난감이며 란도셀을 끼고 살았다는데 어린 나를 안은 당숙모가 찾아가 "이놈으로 대신합시다 시숙!" 어쩌구 해도 돌아보지 않았다고 한다. 그때부터 내 별명은 못생겼다는 뜻의 '모되'.

그후로도 우리 집안에서 죽어나간 어린애들은 많아 네살 위 명자 누나 두살 위 후식이 형에다 나보다 두살 어린 웅식이도 있는데 모두 다 얼굴이 생각나지 않는다. 다만 갓방 문이 활짝 열리고 어머니의 통곡 소리가 들리면 어김없이 다가오는 마당에 삽 끄는 소리. 죽은 아이들은 상봉 당숙의 손에 의해 가래뜸 뒷산 애장터에 묻히곤 했다. 어머님 돌아가시기 전 성수동 사는 여동생 꿈에 의하면 그 어린 생명들이 자기가 죽은 줄도 모르고 우리 집 둔벙 가에 모여 물장구를 치고 있었다는데 이제는 그토록 그립던 어머니 품에 안겼을라나.

하여튼 몇해 전 영등포 예식장에서 만난 초로의 키 큰 신사 양출이 형이 내 손을 붙들고 "자네가 명식이 동생이란 말인가? 내 친구 명식이 동생?" 하고 거듭 물으며 내 볼을 쓰다듬고 만지며 기뻐하는 것이었다. 그러곤 뒤에 이런 말을 덧붙였다. "모되는 모되네 자네가."

연통

동네가 모두 150여호라 하루걸러 잔치요 잔치 끝엔 더러 크고 작은 싸움이 끊이지 않았는데 마지막은 꼭 "저놈이 여순 때……"로 이어지곤 했다. "저놈이 여순 때 천황재 너머로 빨치산 등짐 져다준 놈"이라거나 "저놈이 여순 때 우리 큰집 암소 몰고 가 산사람에게 바친 놈"이라는 등. 그런데 그중 특이한 것 하나가 마을에 저들의 '연통'이 있었다는 것이었다. 그 연통으로 지칭되곤 하던 이가 대나무 울창한 초당에 살던 남산 이센이었다. 눈매가 독수리처럼 매섭고 입이 무거워 남들이 뭐라 해도 일체 대꾸가 없었는데 경찰대가 생으로 왼손 새끼손가락을 잘라도 끝내 입을 열지 않은 사람이었다. 그의 아들 재진이도 그에 못지않은 강골로 어릴 적부터 상경하여 동대문에서 주먹으로 날리던 일명 '도끼'였다. 5·16 후 제주도 국토건설단에 갔다가 풀려난 후 빈손으로 돌아와 남의 집 농사일 거들며 살았는데 팔년 전 우리 할아버지 천황재 산소에 비석 세울 때 그 무거운 걸 져 날라준 이가 그였다. 일을 마치고 준비해간 음식에 막걸리를 몇잔 나눈 뒤 산길을 내려오며 그가 말했다. "어 시영이, 우리 살던 초당이 바로 자네 아버지 별채였네. 봄이면 산골 물 콸콸 흐르고 살구꽃 흐드러진 곳에

육모정을 짓고 시원한 마루를 깔았지. 자네가 시인이 된 것도 아마 아버지를 닮아서일 거이네. 반지르르하게 다림질한 한복을 떨쳐입고 중절모에 지팡이 짚고 대문을 나서면 동네에서 제일 훤칠한 멋쟁이셨네. 우리 아버지는 초당 관리하고 거기 딸린 밭 부쳐먹는 초당지기였제. 여순 땐 이쪽저쪽에서 서로 첩자라고 고자질하여 고생 많았구만."

아버지 닮아 말할 때마다 파르르 일자로 떨리던 눈이 그날따라 축축이 젖어드는 것을 그때 나는 보았다.

동계작전

피융! 하고 쇳소리를 내며 날아온 총알이 방바닥의 사기그릇을 깨고 농짝에 가 박힌 것은 아주 순식간. 장롱 속에 상체를 밀어넣고 솜옷을 찾던 산사람이 후다닥 뛰쳐나와 "다 이 아새끼 때문"이라며 세살배기 나를 향해 짤깍하고 방아쇠를 뒤로 당기자 어머니가 총부리를 가슴으로 막으며 우리 집 삼대 독자니 제발 자신을 대신 쏘라고 빌었다고 한다. 밖에서 경계를 서던 여성 빨치산과 몇차례 눈짓을 주고받던 산사람은 이윽고 옷 보따리를 들고 급히 나가며 낮은 목소리로 중얼거렸다고 한다. "저 장롱짝 솜털 동무들에게 감사하라"고. 직선으로 날아온 총알을 솜들이 안에서 격하게 소용돌이치며 감싸안아버려 나도 살고 산사람도 산 것이다. 그후로 탐스러운 목화 송이를 볼 때마다 나도 몰래 빙그레 웃음이 나오곤 했다.

장모님

기차가 익산 부근을 지날 때였다. 일행 중 누군가 소리쳤다. "아, 저 집 장모님 인심 한번 좋겠다!" 얼핏 돌아보니 새로 인 노란 초가지붕에다 반지르르한 마루며 시원한 시누대 울타리, 조붓한 마당엔 남 한번 할퀴어본 적 없었을 듯한 순둥이 한마리가 기차를 향해 꼬리를 흔들고 있었다. 뒤란 장독대에서 일 보던 넉넉한 체수의 장모님이 "뭔 일이다냐?" 하며 치마 말미를 훔치며 금방 돌아나올 것만 같은 집.

가출

키가 훌러덩 크고 목이 긴 도헌이 처는 명문 순천여고 출신. 농사가 많은 도헌네 집에 시집와서도 도회지 출신답지 않게 맨발로 이리 뛰고 저리 뛰며 못밥을 나르다가도 나와 눈이 마주치면 논두렁에 그대로 선 채 "큰댁 시아주버님, 저도 문예반 출신이어라우!"라며 환하게 웃던 처자인데, 모심기는 물론 논일 밭일 가리는 것 없이 늘 생글생글 동네 사람들과도 친하게 지내 선머슴이라 불렸다. 그런데 추수 끝나 볏짚을 마당 높이 올리고 가을무 거둬들이고 나면 그만 시무룩한 표정. 하루 종일 헐렁한 몸뻬 차림으로 집 밖에 나와 신작로를 바라보거나 사람들이 말을 붙여도 건성으로 흘려듣곤 했다. 시집온 지 한 삼년 지났을까. 해마다 겨울이면 부산 언니네 간다며 짐을 싸들고 나가기 시작하더니 어느 해 봄부터는 영 돌아오지 않았다. 졸지에 아내를 잇긴 도헌이가 오토바이를 몰고 순천이다 부산이다 백방으로 뛰었지만 끝내 찾을 수 없었다. 그후로 도헌이는 홀아비 신세. 둘 사이에 생산도 없어 그 너른 집에 혼자 살며 육십이 넘어서까지 동네 이장 일을 보는데, 지금도 부산 가는 버스를 보면 외로 고개를 돌린다고 한다.

어디 가서 무엇 하고 있을까. 농사짓는 일이 우렁우렁한 사람들 목소리로 앞들에 은성했던 시절, 불현듯 나타나 한 바탕 동네를 휘젓고 떠난 목이 길고 웃을 땐 한쪽 뺨이 살짝 홍조로 물들던 내 육촌동생댁.

여수행

1971년 신민당 김대중 후보의 전주고등학교 대통령 선거 유세가 한창이던 시절, 전주를 거쳐 여수 근처 여항에 내려간 적 있다. 그곳 종합고등학교에서 국어 선생을 하고 있는 일년 선배의 애인을 찾아. 비 내리는 학교 정문에서 지우산을 쓰고 한시간쯤 기다렸을까. 선생님들 속에 섞여 그녀가 내려오고 있었다. 다가서려고 하자 곧바로 학교 앞 술집으로들 우르르 몰려갔다. 유리문이 달린 그곳에선 그 해 5월 서울세계펜대회의 '해학과 골계의 미'를 화제로 집담회가 열리는 듯했다. 문 앞에서 기다린 지 두어시간. 더 이상 참을 수 없어 옆 가게에서 소주 한병을 단숨에 들이켜고 난 뒤 술집 문을 사정없이 열어젖혔다. 놀란 눈들을 무시하고 다짜고짜 그녀 손목을 잡아끌고 나와 여수행 버스에 올랐다. 그녀는 깜깜한 창밖만을 응시할 뿐 아무 말이 없었다. 여수역 근처에 내리자 그녀가 내게 건넨 단 한마디는 "서울행 막차가 열한시에 있으니 올라가라"는 것. 늦은 밤 여수 시내는 조용했다. 여기서 또 한번 깽판을 칠까 말까 망설이는 사이 마음을 다잡고 여수역을 향해 갔다. 그런데 이런! 기차는 없었다. 부리나케 달려 그녀가 섰던 자리로 가보니 아무도 없었다. 온 세상이 다 내려앉은 듯 가슴이 먹먹했다. 그날밤 나는 오동도의 여인숙에서 두 다리를 가슴에 바짝 붙인 채 앉아 벽에다 대고 맹세했다. 다시는 이곳에 오지 않겠다고!

형제를 위하여

"성님 계신가요?" 우멍한 목소리가 마당에 들어서면 벌써 당숙이었다. "종제인가?" 하고 놋재떨이에 담뱃재 탕탕 털고 반갑게 사랑문 여는 소리가 들리면 아버지였다. 둘은 이렇게 아침부터 저녁까지 문안 인사를 함께 나누는 형제보다 더 친한 사촌이었다. 아버지 돌아가시고 난 후 어느 여름밤 평상에 앉아 내 손을 잡고 "느그 아버지, 아니 내 형님으로 말할 것 같으면, 내가 여순 때 산사람 살 때 나 살리려고 탄원서 내다 순천형무소까지 가셨다" 하면서 더이상 말을 잇지 못하고 흐느끼던 당숙도 얼마 뒤 저세상으로 훌쩍 건너가 아버지와 골짜기 하나를 사이로 묻혔다. 그런데 마을 사람들 말에 의하면 요즘도 어둑새벽이면 뒷산에서 두런거리는 소리가 안골까지 들려올 때가 있다고 한다. "어 종제인가?" "성님 그간 별고 없으시고요?" 그리고 긴 대나무 달린 물괭이를 하나씩 나눠 들고 나란히 앞들을 둘러본 뒤 돌아가신다고 한다.

소

국토의 서남쪽 끝 가거도에서는 코뚜레 없이 소들을 방목한다. 거친 비 오는 낮이나 높은 파도가 섬을 넘는 밤이면 산을 내려온 소들이 더운 콧김을 몰아쉬며 어김없이 주인집 마당으로 찾아드는데 소의 등짝에 쇠꼬챙이로 지진 낙관을 보면 틀림없는 자기 집 소라며, 짐승 중에 영물은 소가 으뜸이라고 섬의 유일한 다방 주인이자 피난 온 중국 배들에 올라 통역도 할 줄 아는 구레나룻 무성한 민박집 영감은 그중 한마리를 날 밝으면 잡겠다며 육질이 아주 부드러워 육회로도 일품이라고 말하는 것이었다.

여기가 이젠 내 고향

그 시절 사는 게 모두 어려웠지만 정춘이 형 순천 중앙 극장 목소리 고운 장내 아나운서 꼬드겨 밤기차 타고 서울로 서울로 도망치던 때의 콩닥이던 심정은 어떠했을까. 청계천이라나, 하여간 썩은 물 흘러가던 시커먼 판자촌 사글셋방에 이불 짐 부리고 담배 한가치 맛있게 태우고 나서 바람벽 기대어 떨고 있는 처자에게 등 돌리며 큰 소리로 외쳤다지. "여기가 이젠 내 고향!"

빗방울

하늘에서 내려온 빗방울 속에는
키 작은 내 큰어머니의 눈물도 섞여 있습니다

외꽃

꽃들도 밤에는 입을 오므리고 잔다
외꽃이 그것을 내게 일러주었다

지난밤

아침 산길의 어느 구석에선 밤톨 하나를 두고 벌어진
설치류들의 핏빛 흔적이 자욱하다

음악

목동의 피리 소리는 때로
양들의 착한 귀를 움직인다

어느 조상(彫像)

중국 쓰촨성 청두시 중앙대로 퇴근길, 붐비는 가로에 붙어서 대빗자루로 바닥을 박박 쓸고 있던 청소원 노파의 모습이 잊히지 않는다. 승용차들이 다가와 비켜달라고 빵빵거려도 오토바이들이 곡예사처럼 아슬아슬 스쳐가도 오로지 그곳을 쓰는 것이 자기 몫이라는 듯 거의 무념무상으로 빗자루질에 몰두하던 그녀. 만찬 시간에 늦어 어깨를 부딪치며 달려가면서 뒤돌아봤을 때도 바닥에 붙어 이미 한 점이 되어버린 듯 파르랗게 빛나던.

강서소방서

강서소방서 방화119안전센터 소방관들이 모처럼 평상복 차림으로 앞마당에 나와 내기 족구를 하는데 머리가 희끗한 고참 김남식 씨(58세)가 차올린 볼이 매번 네트에 걸려 넘어가지 않자 "아잇 참!" 하는 탄식 소리가 요란하다. 길 가던 고양이 한마리가 깜짝 놀라 뒤돌아보는데 가파른 하늘공원으로 오르는 계단이 파랗다.

인덕원

재판 받으러 다니던 인덕원 사거리에서 역시 재판 받으러 오가던 호송버스에서 만난 임규찬이가 쌍용차를 세워놓고 기다리고 있다. 정년 후 군포에서 독서와 산책으로 보내는 Y교수를 모시고 백운호수로 점심 먹으러 가는 길이다. 늦은 벚꽃은 바람에 흩날리고 '미체포'로 잠수 타던 김사인이 뒤늦게 도착했는데 등산모에 가려진 그의 머리도 희끗하다. 세월은 흘렀고 그만큼 나이가 들었는데도 인덕원만 지나면 '아, 이제 집에 다 왔다'던 생각이 들곤 하던 근처의 서울구치소. 땜빵이 넣어주던 담배 한가치를 뺑끼통에서 맛있게 피우면 도둑놈들이 모인 옆방에서 "오, 어머니!"를 외치던 곳. 나 오늘 전통백반 먹으러 가며 그곳을 게 눈처럼 흘깃거린다.

산동 애가

내 고향 구례군 산동면은 산수유가 아름다운 곳. 1949년 3월, 전주농림 출신 나의 매형 이상직 서기(21세)는 젊은 아내의 배웅을 받으며 고구마가 담긴 밤참 도시락을 들고 산동금융조합 숙직을 서러 갔다. 남원 쪽 뱀사골에 은거 중인 빨치산이 금융조합을 습격한 것은 정확히 밤 11시 48분. 금고 열쇠를 빼앗긴 이상직 서기는 이튿날 오전 조합 마당에서 빨치산 토벌대에 의해 즉결처분되었다. 소식을 듣고 달려간 아내가 가마니에 둘둘 말린 시신을 확인한 것은 다음다음 날 저녁 어스름. 그때도 산수유는 노랗게 망울을 터뜨리며 산천을 환하게 물들였다.

신생

아기를 패딩점퍼 속에 집어넣고 마포역 에스컬레이터를 내려오는 젊은 엄마를 만났다. 그날밤 나는 그 아이가 무럭무럭 자라나 캥거루처럼 순한 눈으로 지구의 야생 들판을 마구 달리는 꿈을 꾸었다.

하동

하동쯤이면 딱 좋을 것 같아. 화개장터 너머 악양면 평사리나 아, 거기 우리 착한 남준이가 살지. 어쩌다 전화 걸면 주인은 없고 흘러나오던 목소리. "살구꽃이 환한 봄날입니다. 물결에 한잎 두잎……" 어릴 적 돌아보았던 악양들이 참 포근했어. 어머니가 살아 계시다면 얼마나 좋아하실까! "배틀재 토지 동방천 화개…… 빨리빨리 타이소!" 하며 엉덩이로 마구 승객들을 들이밀던 차장 아가씨도 생각나네. 아니면 인호 자네가 사는 금성면도 괜찮아. 화력발전소가 있지만 설마 터지겠어? 이웃에 살며 서로 오갈 수만 있다면! 아니 읍내리도 좋고 할리데이비슨 중고품 몰고 달리는 원규네 좀 높은 산중턱 중기마을이면 또 어떠리. 구례에는 가고 싶지 않아. 마음만 거기 살게 하고 내 몸은 따로 제금을 내고 싶어. 지아는 지가 태어난 간전면으로 가고, 두규도 거기 어디에 아담한 벽돌집을 지었다더군. 설익은 풍수 송기원이 허리를 턱하니 젖혀 지세를 살피더니 "니가 살 데가 아니다"라고 했다며?

하여간 그쯤이면 되겠네. 섬진강이 흐르다가 바다를 만나기 전 숨을 고르는 곳. 수량이 많은 철에는 재첩도 많이 잡히고 가녘에 반짝이던 은빛 모래 사구들. 김용택이 사는 장산리를 스쳐온 거지. 용택이는 그 마을 앞 도랑을 강이라고 우겨댔지만 섬진강은 평사리에서 바라볼 때가 제일 좋더라. 그래, 코앞의 바다 앞에서 솔바람 소리도 듣고 복사꽃 매화꽃도 싣고 이젠 죽으러 가는 일만 남은 물의 고요 숙연한 흐름. 하동으로 갈 거야. 죽은 어머니 손목을 꼬옥 붙잡고 천천히, 되도록 천천히. 대숲에서 후다닥 날아오른 참새들이 두 눈 글썽이며 내려앉는 작은 마당으로.

우면산행

새벽 네시, 완전군장에다 마스크 하고 이마에 랜턴 달린 캡라이트 쓰고 우면산 오르는 서초구 노인들을 보면 갑자기 생이 끔찍해진다. 팔순에 가까운 노인들이 유점사 약수터 앞에 페트병을 늘어놓고 철봉에 매달려 "핫둘 핫둘" 소리칠 때마다 나는 어쩌다 오른 산을 도로 내려가고 싶다. "담배는 오십년 전에 끊었고 소주는 딱 한잔이야. 의사가 이젠 혈압약도 먹지 말래." 그러곤 하얀 마스크를 벗어 흰 김을 하악하악 뿜어내며 상수리나무 둥치에 어깨를 쿵쿵 부딪칠 때마다 겨울 산은 그제야 한쪽 눈을 뜨고 굽은 허리를 펴는 듯하다. 그러거나 말거나 노인들은 이제 목청을 돋우어 "야호!"를 외친다. 그 소리가 쩌렁쩌렁 계곡을 타고 올라가 빙폭을 녹일 기세다. 저 위의 공군 부대에서 경계근무 중이던 초병이 깜빡 졸다가 소총을 바로잡을 것이다. 약수물을 다 받은 노인들은 이제 전원마을 쪽을 향해 구보하려는 듯 등산화 끈을 바짝 조인다. 나는 그들이 떠날 때까지 죄지은 아이처럼 나무 뒤에 숨어 담배 한가치를 맛있게 빨다 꽁초를 비벼 끈다. 바야흐로 새벽 다섯시. '건강 대한민국'의 100세 시대가 도래하고 있구나라고 생각하며 나는 쓸쓸히 오르던 길을 따라 내려왔다. 저 아래에서 이번엔 패딩점퍼에 목도리로 무장한 할머니들이 왜가리떼처럼 왁자하게 떠들며 올라오기 시작했다.

5호선

방화발 상일동행 5호선 안, 방금 송정인가 마곡인가에서 오른 노동자 차림의 사내 하나가 전동차 바닥에 가래침을 타악 뱉으며 “에이 씨부럴 놈의 세상!” 하고 외치더니 버거운 짐승처럼 한복판에 벌러덩 누워버렸다. 뒤로 질끈 묶은 머리채에선 성에 같은 흰 김이 피어올랐으며, 반쯤 벌어진 입에선 독한 소주 냄새가, 그리고 작업화 밑창엔 공사장에서 방금 묻혀온 듯한 생모래가 작은 눈을 뜨고 있었다. 승객들이 다급히 몸을 피했고, 그것을 아는지 모르는지 5호선은 이미 자신을 빠져나온 그를 특실 한칸에 관처럼 고이 모신 채 상일동을 향해 이따금 즐거운 콧김을 내뿜으며 씽씽 달렸다.

지우에게

지금 나는 1998년산(産) 황지우 시집 『어느 날 나는 흐린 주점(酒店)에 앉아 있을 거다』를 러시아산 보드까처럼 들고 있다. 예전에 읽은 것이라 펼쳐지는 대로 조금씩 아껴 읽는데, 갑자기 눈물이 핑 도는 것 있지. 수없이 스쳤지만 한번도 그를 '정식으로' 만난 적 없다는 생각이 들어. 갑자기 서랍을 뒤져 박스를 거꾸로 쏟아 그가 찍어준 사진을 겨우 찾았지. '평양 74-1496 DELUXE' 배경이 선명하게 찍혀 있고, 그 앞에 안경을 쓴 내가 일부러 강한 인상을 주려고 정면을 향해 떠억 서 있더군. 생의 미세한 속살을 역광으로 투사해내는 자네에 비해 나는 형편없는 위선자. 자네가 찰리 채플린처럼 "길가에서 신발끈을 다시 묶으면서" "그렇지만 죽는다고는 말하지 마!"라고 애인에게 속삭일 때, 나는 무리에 섞여 대오를 지으며 이 사막을 건너왔지. 그런데 거기 찍힌 발자국이 누구의 것인지 한번도 뒤돌아보지 않았어. "나, 이번 생은 베렸어/다음 세상에선 이렇게 살지 않겠어"라고 자네가 고해(告解)할 때 나는 앞만 보고 직진을 했던 거야. 그러나 이제 와 탄식한들 무슨 소용? 언젠가 화선지에 기묘한 표정의 원숭이 그림과 함께 보내준 연하장의 한 구절이 생각나네. "사람에게 정이 없으면 결국 아무것도 아니라"던.

작년 가을이었던가? 남산 입구의 혼례식장에서 내려오던 길에 우리 만났지. "왜 시 안 써?"라고 인사를 건넸더니, 그 가느다란 실눈을 뜨고 말보로를 한가치 꺼내 물더만. "성님, 시는 이십대에나 쓰는 거 아니요?" 그러곤 무슨 예감처럼 신호가 깜박이는 충무로를 건너 은빛 바이크들이 몰려 있는 상가 쪽으로 소파 같은 몸을 밀며 지나가더군. 맹인처럼 따각따각 지팡이를 두드리진 않았지만 사바세계의 구석구석을 걸어온 선지자처럼. 저물면서 빛나는 해가 그의 그림자를 길게 늘여주더군. 이번 생에 우리 또 어느 장례식장 같은 데서 만날 수 있으까. 제록스 CANON이 머릿속에서 흑흑, 울더라도 어떻게든 살아 있거라. "유토피아는 우리가 뒤에 두고 지나쳐왔는지도 모른다." 아니면 애초에 그런 것 따윈 없었는지도! 그러나 설령 그렇다 하더라도 이 세상은 아직도 "1950년대 후미끼리 목재소 나무 켜는 소리 들리고" "가을날의 송진 냄새" 왈칵 달려드는 곳. "소나무, 머리의 눈을 털며/잠시 진저리"치더라도 송기원처럼 아, "인디어!"로 떠나지는 말고.

* 곳곳에 인용된 시구는 황지우 시집 『어느 날 나는…』에서 따온 것임.

제 4 부

밤의 교향악

50년 이상 대기권을 떠돌던 나는 21세기가 끝나가는 어느 무렵 이 지구별의 테헤란로에 떠억 내려섰다. 거대한 빌딩들은 반쯤 무너진 채 폐허처럼 변해 있었고 거리엔 승냥이처럼 덩치가 큰 고양이들이 은빛 바이크를 타고 질주하고 있었으며, 안경을 쓰고 제복을 입은 개미 경찰들이 붉은 경광봉을 들고 그들을 제어하고 있었으나 막무가내였다. 인류라는 종은 사라진 지 이미 오래인 듯 그림자도 없었다. 롯데월드가 바벨탑처럼 솟았던 잠실은 강물이 범람하여 거대한 바다로 변해 있었으며 몇그루의 뽕나무들이 가장자리에 솟아 한때 이곳이 잠실이었음을 증언하고 있었다. 옛 송파나루에선 밀무역이 이루어지는지 검은 수염을 단 코끼리들이 나룻배를 띄운 채 으르렁거리며 흥정하는 소리가 들렸다.

나는 발길을 돌려 강남대로 쪽으로 접어들었다. 한때 청춘들의 요람이었던 사거리에 이르자 인형 옷을 입은 쥐들이 스마트폰을 들고 거리를 분주히 오가며 문자들을 날리고 있었는데, 오늘밤 자정을 기해 코엑스 광장에서 개미경찰국 반대 집회가 열릴 거라는 거였다. 21세기의 어느 무렵 곤충들이 아마 이 지구를 물려받아 비상계엄을 내리고

‘곤충 및 동물들의 연합국’을 선포한 모양이었는데, 쥐들이 권력투쟁에서 밀리는 듯했다. 전파탐지기에 신호가 잡힌 듯 그때 갑자기 한남대교 방향에서 곤봉을 든 개미 경찰대가 몰려오기 시작했다. 당황한 인형 쥐들이 스마트폰을 움켜쥔 채 교대역 방향으로 뛰었다. 사방에서 경적이 울리면서 체포 작전이 시작되었다. 그러거나 말거나 이번엔 교대역 방향에서 바이크를 탄 고양이 부대가 무정부군처럼 몰려오기 시작했다. 개미 경찰들이 급하게 제지했으나 그들은 막무가내로 차벽을 뚫고 양재대로 쪽으로 내달렸다. 바이크들의 날카로운 굉음만이 아스팔트를 깊게 긁으며 밤의 교향악처럼 울려퍼졌다.

휴전

1914년 12월 25일 오전 10시경 꽁꽁 얼어붙은 유럽의 서부전선, 참호 밖으로 나온 영국 보병부대 소속 앨프리드 두건 차터 소위는 총을 놓고 그들을 향해 걸어오고 있는 독일군 병사 두명을 맞아 악수를 하고 담배를 나눠 피웠다. 그리고 서로 크리스마스 인사를 건넸다. 명령이 떨어지기까지 단 30분간의 짧은 만남이었다. 그후 전선에서 그들의 운명이 어떻게 되었는지는 아무도 모른다. 지푸라기 모닥불이 활활 타오르고 잠시 동안 이 세계가 아주 따뜻해졌다는 것 외엔.

어느 성탄

성탄절 아침 어미 고양이 한마리가 새끼 고양이 두마리와 함께 빈약한 성탄 음식을 나눈 뒤 새끼 등을 하염없이 핥아주고 있다. 곧 폭설이 내려 저들의 등을 양털처럼 하얗게 덮을 것이다.

첫 아침

주차장 공터에 흰 눈이 소복이 쌓여 있다
그 위에 까치 동무의 발자국이 나란히 찍혀 있다
나는 저 두줄의 시린 발자국이 지상의 끝까지 펼쳐졌으면 좋겠다

빰

대성사 요사채 앞마당을 누가 깨끗이 쓸어놓았다
오랫동안 공중을 떠돌던 잎새 하나가 사뿐히 내려앉는다

따스하다

바다에 이르기 전

바다에 이르기 전 강물들은 마침내 호수처럼 한곳에 그득하니들 모여, 오리 같은 긴 목을 들어 꽥꽥거리며 간혹 바다보다 매서운 푸른빛으로 빛나기도 합니다.

능선

형의 어깨 뒤에 기대어 저무는 아우 능선의 모습은 아름답다

어느 저녁이 와서 저들의 아슬한 평화를 깰 것인가

2014년 9월 19일,
어느 세월호 어머니의 트윗을 관심글로 지정함

“가난한 집에 태어난 죄로…… 2만원밖에 못 줬는데 고스란히 남아 있던 지폐 두장. 배 안에서 하루를 보냈을 텐데 친구들 과자 사 먹고 음료수 사 먹을 때 얼마나 먹고 싶었을까.”

홍대 이센

도장방 마루엔 고봉으로 차려진 밥상에 짠지
그리고 어쩌다 장날이면 비린 갈치 한토막
쓰다 달다 통 말이 없었다
아침이면 바지게 지고 나가 풀짐 가득 해와 거름자리에 붓고
저녁이면 종일 논갈이한 소를 끌고 와 쇠죽을 쑤었다
그리고 자신은 거북발로 또 마루에 올라 고봉밥을 먹었다
쓰다 달다 통 말이 없었다

노고

대추나무에 대추들이 알알이 달려 있다
스치면서 바람만이 그 노고를 알 것이다

벼꽃

개구리 한마리가 번쩍 눈을 뜨니
무논의 벼꽃들이 활짝 피어난다

바람

칭짱고원에서 불어온 거센 바람이
내 집 앞뜰의 작은 민들레를 다소곳이 눕히다

청개구리

청개구리야 아직도 네가 이 지구에 살고 있구나

호수

오리 한마리가 느리게 물살을 가르고 지나가자
호수는 그만 간지러워서 오리 발을 꽉 붙잡았다
깜짝 놀란 오리가 깃을 털며 날아오르는 소리에
후다닥 깨어지는 오후의 적막한 평화

하늘을 보다

오늘 하늘이 저처럼 깊은 것은

내 영혼도 한때는 저렇듯 푸르고 깊었다는 것

누가

뜨락의 귀뚜리들이 작은 앞발을 들고 서러웁게 운다
누가 저들을 이 광대무변한 우주의 끝에 낳아놓으셨나
밤새워 풀잎 끝에 짜놓은 이슬이 영롱하다

산책로에서

오늘도 국립국악원 철책을 타고 넘어온 나팔꽃들은
일제히 소리 나는 쪽을 향해 귀를 쫑긋 세우고 있다

섬광

눈 덮인 산길을 걷다가
문득 되돌아보는 승냥이의 고독한 눈빛!

아주 잠깐

가자 지구를 향해 무차별 폭격을 가하고 있는
스물한살 이스라엘 청년의 가지런한 이빨이
햇살 속에서 아주 잠깐 빛났다

봄길

대성사 보살 할머니 두분이 산길을 오르시는데
벚꽃 난분분한 가운데 까르르 웃는 모습들이며
무엇보다 염주를 든 손목들이 소녀처럼 뽀얗다

RainSun님이 세시간 전에 올린 트윗

“5월 9일 09시, 청와대 앞 청운동사무소 앞, 경찰 사이로 빠르게 몸을 움직여야만 했던 순간, 그가 품에 꼭 껴안고 있던 영정을 곁의 유족에게 맡기며 말했다. ‘우리 ○○이 좀 잠깐만 데리고 있어줘요!’ 그 말 한마디에 내 몸이 푹 꺼지는 것 같았다. 이 고통을 고스란히 그들만의 것으로 남게 하지 않겠다.”

팽목항에서

선내에 진입해 아이들 시신을 발견해 데리고 나오다보면 여러가지 장애물에 걸려 잘 안 나올 때마다 "얘들아, 엄마 보러 올라가자. 엄마 보러 나가자"고 하면 신기하게도 잘 따라나왔다며, 잠수사는 잠시 격한 숨을 들이쉬며 말했습니다.

| 발문 |

농업적 상상력의 골독한 산책

이시영의 새 시집 『하동』에 부쳐

최원식

친구 사이에 누구야 누구야 홑으로 이름 부르는 게 좀 상없다는 느낌이 드는 걸 보니 나이를 먹긴 먹었나보다. 이시영의 호(號)가 '산화(山話)'다. 고은 선생이 내린 것인데 가끔 나나 부르지 세상 구경을 거의 못하지만, 이 시집에서는 맞춤이다. 이미 상경한 지 반세기가 가까워도 그는 여전히 구례 사람이다. 서울을 배회하는 외로운 늑대인 양, 간곡하되 서늘한 눈매로 이 화려하게 천박한 도회의 풍경 속에서 구례의 흔적을 발견하고 지리산의 족보를 상상한다. 그 골독한 마음의 끝에 헌정된 이 시집은 그럼에도 귀거래사(歸去來辭)가 아니다. 하동쯤으로 낙향할까 진지하게 꿈꾸지만 그 불가능성을 몸이 먼저 알아채는 반어가 통렬하거니와, 서울에서 구례를 사는 이중성, 이 기묘한 긴장 속에 『하동』의 현대성이 백석의 『사슴』(1936)처럼 반짝인다.

『하동』에는 행도 갈고 연도 구분하고 무엇보다 시적 주체가 뚜렷한 '서정시'는 거의 실종이다. 억압과 질곡을 넘어 자유와 해방의 새 세상을 노래하는 정동(情動)의 서정시, 1970년대에 굴기하여 1980년대에 절정에 올랐다가 1990년대 중반 이후 서서히 사라진 민중시를 특징짓는 이 유형의 서정시가 이젠 천연기념물이 된 세태가 새삼 기이타. 첫 시집 『만월』(창작과비평사 1976)이 대표하듯 민중시의 만만치 않은 개척을 수행한 산화의 시작(詩作)에도 '서정시'가 사라진 지 오램을 새삼 깨닫는데, 그는 1990년대 중반쯤부터 단시(短詩) 실험에 본격적으로 골몰해왔다.

『하동』에는 단시 못지않게 산문시가 많다. 산화 특유의 산문시도 단시 실험과 비슷한 시기에 나타났다고 기억되거니와, 산문시 역시 단시의 연장이기 십상이다. 단적으로 「산동 애가」를 보자.

내 고향 구례군 산동면은 산수유가 아름다운 곳. 1949년 3월, 전주농림 출신 나의 매형 이상직 서기(21세)는 젊은 아내의 배웅을 받으며 고구마가 담긴 밤참 도시락을 들고 산동금융조합 숙직을 서러 갔다. 남원 쪽 뱀사골에 은거 중인 빨치산이 금융조합을 습격한 것은 정확히 밤 11시 48분. 금고 열쇠를 빼앗긴 이상직 서기는 이튿날 오전 조합 마당에서 빨치산 토벌대에 의해 즉결처분되었다. 소식을 듣고 달려간 아내가 가마니에 둘둘

말린 시신을 확인한 것은 다음다음 날 저녁 어스름. 그
때도 산수유는 노랗게 망울을 터뜨리며 산천을 환하게
물들였다.

산화가 태어나기도 전, 육친에게 닥친 흉보를 마치 신문 기사인 양 육하원칙에 입각해 건조하게 기술한 이 줄글은 희한하게도 시다. 배경은 물론 여순사건. 제주 토벌을 거부한 국군 제14연대의 반란으로 시작되어 여수, 순천, 광양, 보성, 하동, 남원, 구례, 곡성으로 번진 이 사건은 지리산 야산대의 기원일 뿐만 아니라 대한민국의 고임돌이 된바, 특히 진압군과 빨치산 사이의 전투가 치열했던 구례는 좌의 폭력과 우의 폭력이 부딪친 최고의 전선이었다(김득중 『'빨갱이'의 탄생: 여순사건과 반공 국가의 형성』, 선인 2009). 물론 이 전선은 처음부터 기울어진 운동장이매 승자는 이미 정해진 거나 다름없었다. 체제 안의 조합 서기조차 토벌대에 처형되는 통렬한 삽화를 통해 여순사건 직후 지리산 자락에 만연한 국가 폭력의 숨은 민낯을 폭로한 이 시만큼 대한민국, 아니 무릇 국가의 탄생과 국가 폭력이 어떻게 깊은 공모 관계인지를 드러낸 예는 많지 않다. 그 통렬한 순간을 무심히 잡아챌 줄 아는 시인의 솜씨가 날래거니와, 더욱이 한 글자도 뺄 수 없고 한 글자도 더할 수 없는 팽팽한 언어의 경제는 또 어떤가. 그 자체로도 이미 시이지만 시인은 결정적 장치 하나를 더한다. 산수유로 열고 산수유

로 닫은 그 얼개가 종요롭다. 아름다운 자연과 누추한 인간의 대비도 인상적인데, 그 인간사에 무심한 자연의 비정이 더욱 날카롭다. 탈인간주의로 위장한 인간주의가 절제 속에 빛나는 산문시의 모범이 아닐 수 없거늘, 그렇게 산화의 산문시는 단시의 짝이다.

1990년대 중반 이후 산화는 정동의 서정시에서 탈정동의 단시로 이동한다. 전자가 농업으로 도시를 치는 것이라면 후자는 도시 곳곳에서 농업의 순간들을 발견하는 것인데, 때로는 하이꾸(俳句)처럼 너무 금속성이 아닌가 저어한바, 가령 지난 시집 『호야네 말』(창비 2014)에 실린 「우수(雨水) 지나」가 대표적일 것이다.

> 2월 27일 자정 정남방, 마른 나뭇가지 사이로
> 누가 상큼하게 베어 먹은 듯한 시린 하현달이 뜨고
> 주위엔 뿌연 달무리
> 그 달무리를 물고 또록한 샛별 하나 돋아
> 매서웁게 푸른 밤하늘을 비추다

그 어떤 이미지스트 고수도 울고 갈 똑 따먹은 사물시다. 대동강 물도 풀린다는 우수 무렵, 봄을 머금었지만 아직 겨울인, 그럼에도 겨울의 공격이 이미 종언에 다다른, 겨울과 봄 사이의 기묘한 긴장을 완벽하게 사생한 이 시에는 산화의 득의가 오연히 노출된다. 세상 사람들이 돼지처럼 잠잘 때 시인은 우주의 상형문자를 홀로 수신한다. 고독하게 상승하는 시인의 정신, 범접을 불허하는 그 탈인간주의는 자칫 문학주의로 함몰할 위험도 없지 않다는 점에서 뭔가 정지가 필요하지 않을까 싶기도 했다.

이번 시집 『하동』에도 단시와 그 짝인 산문시가 거개인지라 처음 읽어나갈 때는 또 그런가 했다. 그런데 어딘가 풀어졌다. 물론 이미지 사냥꾼 풍의 단시들이 없는 것은 아니지만, 「산동 애가」에서 짐작되듯이 그사이 사라진 사람 냄새가 돌아왔다. 「무제」가 폭로적이다.

> 겨울 속의 목련나무에 꽃망울이 맺혔다
> 세상엔 이런 작은 기쁨도 있는가

사실 2행은 사족인데, 시인은 왜 굳이 뱀발을 덧댔을까? 같은 단시라도 이 시는 근원이 다르다. '무제'라는 제목 아닌 제목도 징후적이다. 이 시는 이상기후 탓에 꽃들도 때를 잃고 방황하는 세태를 비판하는 사회생태시도 아니고, 이미지를 착취하는 사생시는 더욱 아니다. 겨울의 복판에서 문득 목련 꽃망울을 만났을 때의 순진한 기쁨, 그 기쁨을 사람들과 나누고 싶다는 소박한 소망을 그냥 진술했을 따름이다. 빛나는 이미지이고 정교한 운률이고 그 어떤 운산도 다 던졌다. 시를 잊고 삶을 얻었다고 할까. 삶 대신 시를 얻은 「우수 지나」와 반대다. 요컨대 F. 실러 식으로 「무제」가 인간과 자연이 무사기(無邪氣)하게 소통하는 '소박한 시'라면 「우수 지나」는 인간과 자연이 분리된 '감상적 시'일지도 모르겠다.

그런데 「무제」는 1990년대 이후 단시 작업의 속셈을 가늠하게 한다는 점에서도 흥미롭다. 2행에서 분명히 밝혔듯이, '세상의 작은 기쁨'이 열쇳말이다. 알다시피 민중시는 인류 해방의 대합창을 꿈꾸는 거대담론, 거대서사, 또는 큰 이야기를 지향한다. 산화의 단시 작업은 바로 미시담론, 미시서사, 또는 작은 이야기와 연계된바, 이 전환이 처음부터 의식적이었는지는 확언할 수는 없지만 아마도 시나브로에 가까웠을 터다. 요컨대 큰 이야기에 묻힌 작은 이야기들의 귀환을 정성스레 갈무리하려는 시인의 뜻, 바로 그 근처가 산화 단시의 둥지가 아닐까 싶다.

그 때문에 이 시집의 지리산은 민중시 시절의 지리산이 아니다. 그 지리산이 빨치산의 산, 패배 자체가 승리이기도 한 해방의 환유인 데 비해 『하동』의 산은 큰 이야기 속에 침묵당한 서발턴(subaltern) 곧 '소수자'의 산이다. 앞에서 거론한 「산동 애가」는 소수자의 귀환을 단적으로 보여주거니와, 지리산은 더욱이 생활하는 민중의 산이다. 가령 「구례 장에서」를 보자.

흰옷은 정결하다

마지막 조선의 할머니가

외로 앉아서 파릇한 봄 냉이를 판다

구례 장터 한켠에서 냉이를 파는 할머니를 꾸밈새 없는 단 두 문장으로 요약한 이 단시는 구상(具象)이 생략되었음에도 놀랍게도 초상(肖像)이다. 자칫 심심할 뻔한 귀글에 제자리 찾아 들어앉은 "외로 앉아서"는 화룡점정이다. 그런데 이 단시는 장터를 배경으로 하였음에도 전혀 장터 같지 않은 게 수상하다. 그러고 보면 3행을 다 독립된 연으로 구분한 것도 그렇다. 말하자면 산문적 소란을 연과 연 사이의 여백에 봉인하고 그로부터 가장 순수한 시를 길어 올렸으니, 할머니는 마침내 장터를 이륙한다. 흰옷의 할머니, "마지막 조선의 할머니"는 바로 지리산 성모 마고할미인가. 생활하는 민중 속에서 할미신의 아우라를 알아채는 시인의 눈매는 이미지 사냥꾼의 사오나온 눈매가 아니다. 이야기의 크고 작음을 떠나서 모든 이야기를 존중의 눈으로 받드는 시인의 마음이 배어나오매 단시 작업이 꼭 작은 이야기로 그치는 것이 아님을 이 시는 잘 보여준다.

이 시집은 말하자면 소수자의 집합적 초상이라고 할 수도 있을 터인데, 산문의 희생을 감수한 「구례 장에서」가 오히려 예외다. 「홍대 이센」을 보자.

도장방 마루엔 고봉으로 차려진 밥상에 짠지
그리고 어쩌다 장날이면 비린 갈치 한토막
쓰다 달다 통 말이 없었다
아침이면 바지게 지고 나가 풀짐 가득 해와 거름자리에 붓고
저녁이면 종일 논갈이한 소를 끌고 와 쇠죽을 쑤었다
그리고 자신은 거북발로 또 마루에 올라 고봉밥을 먹었다
쓰다 달다 통 말이 없었다

이 짧은 시에 "통 말이 없었다"가 두번 나온다. 끝내 침묵하는 그는 누구인가? 시인에게 물었다. '홍대 이센'은 '홍대리 출신 아낙을 얻은 이 생원'이란 뜻이란다. 결혼해 따로 나가 살지만 여전히 주인집에 출입하며 노동을 바치는 그는 솔거(率居) 노비(house slave)가 아니라 외거(外居) 노비(field slave)의 후신인 셈인데, '홍대 이센'이란 지칭이 사실은 이름이 아니라는 점에도 유의할 일이다. 그에게는 '소수자'라는 말도 사치인바, 권력 교체의 역사에서 완벽히 지워진 '나머지'다. 산화는 『만월』 시절에도 집안 안팎의 일꾼들을 곧잘 노래했다. 「정님이」가 대표적이다. 그런데 「홍대 이센」은 「정님이」와 비연속이다. 주인집을 뛰쳐나와 식모로 여공으로 급기야 창녀로 전락할 서울살이 일망정 정님이는 변화의 물결에 몸을 맡겼다. 그리고 그

끝은 누구도 장담할 수 없을 만큼 도회의 삶은 기회적이다. 그런데 '홍대 이센'은 그곳에서 한발짝도 떼지 않은 채 마치 노동하는 기계인 양 이름 없는 생존을 침묵 속에 지속하고 있는 것이다. 시인은 변화의 작은 징조조차 봉쇄된 그 서발턴의 전형을 정동적인 「정님이」와 달리 최고의 절제 속에 재현한다. 그럼에도 「우수 지나」의 사생과는 천양지차다. 그 놀라운 탈정동 속에 '홍대 이센'의 가이없는 삶에 대한 한없는 애도와 기억의 정치가 따듯하게 작동하고 있으니, 한국사 아니 인류사 속의 모든 '홍대 이센'에게 헌정된 이 시는 이만큼 근본적이다.

「학재 당숙모」는 이 시집의 또다른 축인 여성 이야기를 대표한다. 권력 교체의 남성 서사를 밑바닥에서 받치는 무명의 노동이 '홍대 이센'들이라면 안에서 지탱하는 무언의 기둥은 여성들이다. 기출(己出)은 물론이고 작은댁 자식들까지 정성껏 길러낸 '학재 당숙모' 역시 "저녁을 자시면 끙 하고 일어나 작은댁으로 기침도 없이 사라지는 당숙에게도 쓴말 군말 한마디 없었다". '홍대 이센'과 다른 점은 "같은 처지인 우리 큰어머니"라는 출구가 존재한다는 것이다. "긴긴 겨울밤" "실꾸러미 들고 와 밤새워 도란도란 옛이야기 나누다 감던 실을 도로 풀던 당숙모". 그녀의 끝 또한 조찰했다. "추석 맞아 내려와 곤히 잠든 자식들 다리 사이를 조심조심 건너다 쓰러지고 말았"으니 "향년 91세. 본명 조아기". 그녀의 삶에 바친 시인의 경건이 아름답다. 그 오마주는 기실 큰어머니를 향한 것이기도 하거니와, 구례 반가(班家) 여성들의 초상을 산화가 아니면 누가 침묵에서 구원할 것인가?

큰 이야기들 사이로 조붓하게 난 지리산 자락의 침묵들에 이처럼 정성스럽게 혀를 단 시인은 이 시집 전체를 요약한 한 공안(公案)에 도달한다.

> 형의 어깨 뒤에 기대어 저무는 아우 능선의 모습은 아름답다
> 어느 저녁이 와서 저들의 아슬한 평화를 깰 것인가
>
> —「능선」 전문

해거름에 손잡고 귀가하는 형제가 연상되는 1행도 기룹지만 옅은 불안에 더욱 간절한 2행이 절묘하다. 아무리 못된 저녁인들 설마 저 평화를 깰 것인가 하는 아슬한 믿음과 그럼에도 결국엔 무정한 저녁이 닥쳐 평화가 깨질 것이란 불편한 예감 사이를 가로지르는 2행 덕에 시가 스스로 완성됐다. 이 시는 산사람으로 체포된 아우를 위하여 탄원서 냈다가 순천형무소까지 출입한 아버지의 종제에 대한 각별한 우애를 기린 산문시 「형제를 위하여」를 머금고 있다. 험한 일을 겪은 뒤에도 종형제 사이가 일생 각근했음을 새기건대, 「능선」의 2행도 그냥 간절함만으로 그치는 것은 아니겠다. 설령 필연적 전개 속에 평화가 깨지더

라도 바로 그 순간 불확실성을 더듬어 복원의 길을 제겨디디리라는 무서운 희망을 묻어둔 이 시집 최고의 시다. 그러고 보면 「학재 당숙모」의 자매애와 짝을 이룬 「능선」의 형제애가 새삼 눈에 뜨인다. 아마도 촛불에 강력히 감염된 모양이다. 큰 이야기로 시작하여 작은 이야기를 거쳐 다시 두 이야기가 회통하는 입구에 가까스로 도착한 산화의 촉수는 아직도 살아 있다. 감축할 일이 아닐 수 없다.

崔元植 | 문학평론가

| 시인의 말 |

드러내놓고 시 비평을 하진 않았지만 심사평이나 페이스북 등을 통해 이런저런 시에 관한 비평적 발언을 적지 않게 해온바, "나도 물론 그중의 하나다"라는 단서를 달긴 했지만 "관습적으로 시집을 내는 시인들"을 비판한 적(2016. 12. 15. 트위터)이 있다. 이에 적지 않은 후배 시인들이 불편함을 호소해왔다. 3년여 만에 시집을 내면서 제일 먼저 드는 생각은 '아, 내가 내 발등을 찍는 행위를 했구나' 하는 점이다. 나 역시 저 구습으로부터 얼마나 자유로운가?

그런 점에서 나는 시 비평과 자신의 시작 행위를 절묘하게 일치시켜온 김수영 같은 시인을 한국시가 갖고 있다는 점을 자랑스럽게 생각한다. 그는 우선 시에서건 일기에서건 자신을 속이는 짓을 용서하지 않았다. 그는 평생을 '근대적 지성'이 결여된 한국시의 낙후성과 싸웠지만 낙후성보다 그가 더 증오해 마지않은 것은 "'언어'에 대한 고통이 아닌 그 이전의 고통" 즉 양심과 무관한 현대적 감수성의 시인들이었다. 그는 이것을 위해서라면 "시까지도 내

던지는 철저한 절망을 하라고"(『김수영 전집 2』) 외쳤으며, 그렇게 전신으로 격투했다.

시집 맨 뒤에 붙인 글에서 굳이 그를 떠올리는 건 자기 변명을 위해서가 아니라 앞으로의 나의 다짐을 위해서이다. 나는 이 시집을 끝으로 다시는 관습적으로 '비슷한' 시집을 내지 않겠다. 시인으로서의 창조성이 쇠진되었다고 느끼면 깨끗이 시 쓰기를 포기하겠다.

끝으로 이 시집 생산 단계에서부터 뛰어난 조력자 이상이었던 박준 시인과 지난해의 산문집에 이어 또다시 편집자로 만난 박지영 씨에게 고맙다는 인사를 전한다.

2017년 9월

이시영

창비시선 414
하동

초판 1쇄 발행/2017년 9월 15일
초판 3쇄 발행/2022년 11월 10일

지은이/이시영
펴낸이/강일우
책임편집/박지영
조판/황숙화
펴낸곳/(주)창비
등록/1986년 8월 5일 제85호
주소/10881 경기도 파주시 회동길 184
전화/031-955-3333
팩시밀리/영업 031-955-3399 편집 031-955-3400
홈페이지/www.changbi.com
전자우편/lit@changbi.com

ISBN 978-89-364-2414-5 03810